Marie Desplechin

La vraie fille du Volcan

Théâtre
l'école des loisirs
11, rue de Sèvres, Paris 6e

Une première version de ce texte a été écrite
pour France Culture.
Réalisée par Christine Bernard-Sugy, elle a été
diffusée le 23 novembre 2003.
Cette version a été retravaillée pour la collection
théâtre de l'école des loisirs avec l'aide
de Brigitte Smadja.

Loi numéro 49.956 du 16 juillet 1949 sur les publications
destinées à la jeunesse : septembre 2004
Dépôt légal : septembre 2004
Imprimé en France par Pollina à Luçon - n° L94187

LES PERSONNAGES

CARAMILLE
MARIQUETTE
MÉLOMÈNE
MALICIA
LE PÈRE
LA MÈRE
LE VAGUEMESTRE
DEUX CONSEILLERS
DES VILLAGEOIS

L'action se déroule sur deux espaces : une cuisine encombrée et une terrasse ombragée par une treille. La cuisine donne sur la rue. La terrasse donne sur la montagne.

On passe de la cuisine à la terrasse par une large porte. En hauteur, une petite lucarne permet de voir sans être vu. Au sous-sol une cave à laquelle on accède par des trappes et un soupirail.

SCÈNE 1

Dans la cuisine. Tout respire l'activité, la proximité de grandes réjouissances. Debout près de la cheminée, le père compte la vaisselle. La mère prépare de petits pâtés. Leur fille Mélomène repasse une nappe immense. Assise au sol, la petite Mariquette tresse des joncs pour en faire des couronnes. Toute cette famille travaille en silence. Un silence que troublent les reniflements sonores de la mère. Elle sort un vaste mouchoir de son tablier et y enfouit son visage.

LE PÈRE

Ça ne va pas recommencer ?

MÉLOMÈNE

Maman ! S'il te plaît !

LA MÈRE

Qu'est-ce que j'y peux, moi ?

MÉLOMÈNE

Tu peux faire un effort !

La mère se mouche bruyamment.

LE PÈRE

Tes pleurs souillent la maison. Tout ce que tu vas gagner, c'est de nous apporter le malheur.

LA MÈRE

Comme s'il n'était pas là, le malheur. Malicia ! Ma pauvre petite fille !

MÉLOMÈNE

Quoi, ta pauvre petite fille ? Ce jour est son jour. Ce soir, elle aura honoré sa famille et accompli son destin. Je serais trop contente d'être à sa place ! Si seulement j'étais l'aînée !

MARIQUETTE

Quand je pense que tu pourrais y être, à sa place… Le monde est mal fait.

MÉLOMÈNE

Papa ! Papa ! Elle m'attaque !

LE PÈRE, *à Mariquette.*

Ça suffit, toi ! Si c'est pour dire des sottises, file sur la terrasse. Et emporte tes couronnes ! On n'a jamais vu travailler si lentement. À ce train-là, tu n'auras jamais fini ce soir.

MARIQUETTE, *allant vers la terrasse.*

Je les déteste, ces couronnes ! Saletés de couronnes !

On frappe à la porte d'entrée.

LE PÈRE

Les voilà ! Et rien n'est prêt ! Mais aussi, avec celle-là qui pleure sans arrêt, et la gamine qui n'en fiche pas une rame !

MÉLOMÈNE

Les voilà ! Vite ! Dépêchons-nous !

LA MÈRE

Les voilà ? Déjà ! ?

On frappe à nouveau. On insiste. Noir.

SCÈNE 2

Sur la terrasse, dans la lumière d'un matin d'été.

Disposée sur un cintre suspendu à la treille, une très jolie robe blanche brodée se balance doucement. Elle restera à sa place pendant toute la durée du drame.

Des fleurs, des feuillages, des rubans, des joncs sont répartis en petits tas à même le sol. Çà et là, quelques dizaines de couronnes fleuries entourent Mariquette.

Elle regarde autour d'elle pour vérifier qu'elle est seule. Puis elle s'approche du soupirail, s'agenouille au sol et colle son visage à la grille.

MARIQUETTE

Hé ho ! Hé Ho ! Hé Malicia ! Réponds ! Allez, réponds, sale bête ! Tu dors ? Tu boudes ? Tu pleures ? Tu ne veux plus me parler ?

Pas de réponse. De la terrasse, on entend tambouriner à la porte de la cuisine. Mariquette se relève brus-

quement et traîne un petit banc jusqu'à la lucarne qui donne sur la cuisine. Elle grimpe dessus et se hisse sur la pointe des pieds.

Tandis qu'elle espionne, une main sort du soupirail et semble l'appeler. La main disparaît à travers la grille.

Soudain, un bruit de clenche. Mariquette descend précipitamment de son banc et se remet à la fabrication des couronnes. Elle sort un grand rouleau de Scotch de sa poche et colle les fleurs avec une mauvaise volonté évidente.

Mélomène pousse doucement la porte et entre sur la terrasse. Elle regarde les couronnes, puis sa sœur qui feint de s'appliquer.

MÉLOMÈNE, *comptant les couronnes.*

Trente et un. Trente-deux. Trente-trois. C'est tout ? Tu te fiches du monde ?

MARIQUETTE, *faisant celle qui n'a rien entendu.*

Tu as vu l'étrangère ?

MÉLOMÈNE

Comme si tu ne le savais pas ! Tu passes ta vie à espionner. Oui, je l'ai vue. Je lui ai ouvert la porte. Moi-même. Personnellement.

MARIQUETTE

Tu ne trouves pas qu'elle a une figure extraordinaire, avec ses yeux clairs et ses cheveux tout collés par l'eau de mer ?

MÉLOMÈNE

Évidemment qu'elle a une figure extraordinaire. Puisqu'elle est extraordinaire.

MARIQUETTE

Comment est-elle arrivée chez nous, où les gens sont si ordinaires ? Sois gentille, Mélomène ! Dis-le-moi ! D'où vient-elle ?

MÉLOMÈNE

Elle dit qu'elle vient d'un pays lointain. Que son bateau a fait naufrage. Elle dit qu'elle a échappé à la noyade en s'accrochant à une barque retournée. Elle dit, elle dit ! Mais, tu penses, personne n'est assez bête pour la croire. Nos vaguemestres l'ont repérée dès le matin : elle errait en bas de la montagne. Et voilà qu'en entrant dans le village elle a voulu frapper à notre porte. Ils l'observaient, ils l'ont laissée faire. Mais, une fois dans la maison, ils l'ont interrogée, qui es-tu, d'où viens-tu, que fais-tu ? Elle leur a débité sa petite histoire. Ils n'en croient pas un traître mot, mais ils ne savent que faire de cette drôle de fille. Elle est si étrange, aussi ! Alors ils l'ont laissée en garde, chez nous, le temps d'y voir plus clair.

MARIQUETTE

Pourquoi faut-il ne pas la croire ? Elle n'a pas l'air d'une menteuse.

MÉLOMÈNE

Qu'est-ce que tu en sais ?

MARIQUETTE

Je ne sais pas. Je le sens.

MÉLOMÈNE

Tu sens de travers.

MARIQUETTE

Allez ! Tu peux bien me dire qui elle est !

MÉLOMÈNE

Une envoyée.

MARIQUETTE

Quoi ?

MÉLOMÈNE

Une messagère.

MARIQUETTE

Quoi ?

MÉLOMÈNE

Une créature des dieux, bourrique.

MARIQUETTE

Ça, ça m'étonnerait. Elle n'a pas la forme divine. Elle a la forme d'une fille. Elle nous ressemble.

MÉLOMÈNE

La ressemblance est une ruse des dieux pour berner les hommes. On en a vu se déguiser en cygne, ou même en vache, pour passer inaperçus. Alors, en jeune fille ! Tu penses si c'est facile !

MARIQUETTE

Un dieu, quelle misère ! Je préférerais tellement qu'elle soit une étrangère ! Les dieux, on les connaît. Ils ne cherchent qu'à nous faire du mal. Tandis que les étrangers ! On n'en voit jamais. J'aimerais tellement qu'ils me racontent comment c'est, ailleurs.

MÉLOMÈNE

Ailleurs, c'est pareil qu'ici : un sandwich. Des dieux au-dessus, des dieux en dessous et des hommes au milieu.

Mariquette sort un mouchoir de la poche de son tablier, renifle et se mouche bruyamment.

MÉLOMÈNE

Toi aussi ? Tu pleures ?

MARIQUETTE

Oh Mélomène ! Cette pauvre Malicia qui est si curieuse. Elle serait tellement contente de rencontrer cette messagère. Quand je pense qu'elle est enfermée comme une voleuse !

MÉLOMÈNE

Ah non ! Tu ne vas pas faire comme maman !

Mariquette range son mouchoir.

MARIQUETTE

Je te parle de ta sœur et tu n'as pas envie de pleurer ? Tu n'as pas de cœur ? On te l'a enlevé à la naissance ?

MÉLOMÈNE

Si, j'ai un cœur, méchante bête. Mais j'ai aussi une tête. Et elle m'apprend qu'il ne sert à rien de pleurer. Les choses sont ce qu'elles sont. Malicia a été choisie, tu n'as pas à chercher plus loin. As-tu entendu parler d'une fille qui aurait été choisie et qui aurait désobéi ? Tu sais ce qu'il en coûte, de désobéir ?

MARIQUETTE, *reniflant toujours.*

Oui. Et alors ? Pour ce que ça change au bout du compte, d'obéir ou de désobéir !

MÉLOMÈNE

Toi, si tu continues, je te balance aux parents.

MARIQUETTE

Vas-y. Dénonce-moi. Tu n'es bonne qu'à ça.

MÉLOMÈNE, *tournant autour de la robe blanche suspendue à la treille.*

Et d'abord, qui te dit que Malicia n'est pas contente ?

MARIQUETTE

Tais-toi ! Tu me saoules ! Je veux ma sœur ! Qu'est-ce qu'elle en dit, ta messagère envoyée ? Elle est au courant de ce qu'on fabrique ici ?

MÉLOMÈNE

Mêle-toi de ce qui te regarde !

MARIQUETTE, *l'interrompant d'un geste.*

Tais-toi, je l'entends ! Elle parle !

MÉLOMÈNE

Oui, elle parle. Incroyable ! Formidable ! Elle parle !

MARIQUETTE

Elle arrive ! Viens, cache-toi. Par ici.

MÉLOMÈNE

Espionner ? Encore ? *(Mariquette hoche la tête.)* Mais c'est une manie chez toi ! Tu as vu le nombre de couronnes qui restent à tresser ? Jamais nous ne serons prêtes. Moi, je vais travailler au calme.

MARIQUETTE

C'est ça ! Va t'enfermer dans ta chambre. Va les faire, tes couronnes. Ça fera sûrement plaisir à ta sœur. Pour sa petite fête, tu sais !

MÉLOMÈNE

Tu le regretteras.

MARIQUETTE

D'accord, je le regretterai. Dégage maintenant.

Mélomène se glisse dans la cuisine. Une fois seule, Mariquette grimpe au-dessus de la treille et se dissimule derrière le feuillage. Noir.

SCÈNE 3

La porte s'ouvre largement. Le père, la mère et Caramille sortent de la cuisine et s'avancent en devisant sur la terrasse. Ils s'arrêtent sous la treille.

CARAMILLE

Comme je l'ai répété déjà dix fois à tous vos prêtres !

LE PÈRE

Ce ne sont pas des prêtres.

CARAMILLE

À tous vos policiers !

LA MÈRE

Ce ne sont pas des policiers.

CARAMILLE

À tous vos machins !

LE PÈRE

Ce sont nos vaguemestres.

CARAMILLE

À tous vos vaguemestres. Dix fois, je leur ai répété mon histoire. Le navire, la tempête, le naufrage, équipage et passagers à l'eau. Et moi qui suffoque entre deux lames. Passe une barque qui se retourne sous mon nez. Tous les occupants sont avalés par les flots. Pas si bête, je m'accroche à l'amarre et dès lors je tiens bon. La mer furieuse emporte la coque, et moi, collée à son arrière-train, comme une bernique. De crête en creux, elle m'entraîne vers des eaux plus calmes. J'arrive dans un paisible champ de vagues. Une vague molle et douce me prend dans son rouleau. Elle m'achemine jusqu'à votre île fumante, et me dépose sur le sable noir. Je me relève. Je cherche autour de moi. Personne. J'ai faim, j'ai froid, je commence à gravir le flanc de l'île. On voit de loin les maisons s'étager à mi-hauteur. Je frappe à une porte. Une gamine m'ouvre. Voilà, je suis chez vous. C'est tout. Ne me regardez pas comme ça : je vous assure que c'est tout. Voyez mes mains : j'ai serré la corde si fort que la peau a brûlé toute la paume !

LA MÈRE, *chuchotant au père.*

Les paumes brûlées, c'est un signe ! Malicia ! Bien sûr ! Elle est sauvée !

LE PÈRE, *chuchotant à la mère.*

La corde et la brûlure ! Bon sang, c'est une parabole divine.

CARAMILLE, *à voix forte.*

Qu'est-ce que vous mijotez ? C'est mon histoire qui ne vous plaît pas ? Vous non plus, vous n'en voulez pas ?

LE PÈRE

Pardonnez-nous. Vous racontez parfaitement et nous sommes parfaitement honorés. Mais ma femme, qui est un peu imbécile, s'interrogeait sur le sens véritable de vos parfaites paroles.

CARAMILLE

Quoi, le sens véritable ? Vous êtes bien aimables, mais je ne comprends pas un mot de ce que vous baragouinez. Ce que je dis est ce que je dis, il n'y a pas à tortiller plus loin.

LE PÈRE

« Ce que je dis est ce que je dis », comme c'est beau ! Il faut consigner toutes vos belles phrases. *(À sa femme.)* Écris, toi !

CARAMILLE

Écrivez tout ce que vous voulez, braves gens. Je vais faire attention à ne pas dire trop de bêtises.

LE PÈRE, *chuchotant à nouveau.*

Comme elle est modeste.

CARAMILLE, *s'étirant.*

Vous en avez un joli pays, là, tout autour. Vos arbres croulent sous les fruits. Vos champs sont verts et drus. Et ces grappes qui font plier la treille, sucrées, juteuses. Et cette robe ! Comme elle est belle ! Ne dites rien. Laissez-moi deviner. C'est à l'une de vos filles, je parie ! Un bien beau pays, vraiment !

LE PÈRE

Tout l'honneur en revient au dieu qui engraisse notre terre.

CARAMILLE

Vous parlez comme un livre. Qui c'est, votre dieu ? Pour fabriquer une terre aussi noire, je parie que c'est le dieu des lombrics.

LA MÈRE

Oh mademoiselle ! On voit que vous n'avez rien à craindre du Volcan. Nous qui sommes misérables, nous le craignons et nous prions chaque jour qu'il nous épargne ses colères brûlantes.

CARAMILLE

Le volcan, que je suis sotte ! C'est lui qui vous donne ces terres grasses et fertiles. Sa lave laisse de bonnes alluvions là où elle passe. Mais, enfin, ce n'est pas très rassurant de vivre à l'ombre de ses fumerolles. Parce que ça turbine pas mal là-haut.

LE PÈRE

Pas de bonheur sans menace, pas de fertilité sans ruine : c'est la loi qui règne chez les hommes, mademoiselle. Un jour, les eaux tièdes et les terres grasses ; un autre, les pluies de pierre et les avalanches de feu.

LA MÈRE

Si vous saviez, si vous saviez ! Il faut avoir pitié de nous.

CARAMILLE

Je veux bien avoir pitié, mais je viens d'échapper à la noyade, je me retrouve seule au monde, et je suis perdue sur ce volcan enfumé. Si vous permettez, j'aurai d'abord pitié de moi. Pitié bien ordonnée commence par moi-même.

LE PÈRE, *en aparté.*

Quelles fortes paroles ! *(À sa femme.)* Les as-tu consignées ? Et voilà qu'elle invoque encore le Volcan. C'est clair, elle nous envoie des messages. Il faudra que les vaguemestres les interprètent, parce que, tout seuls, nous n'en sortirons jamais.

CARAMILLE

Pardon d'insister, mais j'ai très faim. J'ai pris mon dernier repas sur ce malheureux bateau. Il commence à dater un peu. Auriez-vous du pain et des fruits à me donner avant que je tourne de l'œil ?

LA MÈRE

Mais bien sûr, tout de suite.

Elle se précipite, mais le père la retient.

LE PÈRE

Attends ! Je préfère demander l'avis des vaguemestres. On n'est jamais trop prudent sur le menu. *(À Caramille.)* Reposez-vous sous la treille, mademoiselle la messagère. Nous sommes de retour dans quelques minutes.

Le père et la mère s'éloignent. Le père s'arrête et évalue le nombre de couronnes posées au sol.

LE PÈRE, *à la mère.*

Il est bientôt midi et je n'ai pas encore la moitié des couronnes ! Mais qu'est-ce qu'elles fabriquent, ces deux-là ? Franchement, la mère, je me demande comment tu as élevé tes filles. Des souillons, des fainéantes ! Qu'est-ce qui va se passer au coucher du soleil ? Si je n'ai pas mes cent vingt couronnes, hein, tu peux me dire ce qui va se passer ?

LA MÈRE

Ah pitié ! S'il te plaît !

Ils passent par la porte grande ouverte et disparaissent dans la cuisine.

SCÈNE 4

Sur la terrasse.

CARAMILLE

Qu'est-ce qu'ils ont besoin d'aller demander à leurs épouvantails ce qu'il faut que je mange ? Je préférerais qu'on m'apporte tout de suite une tartine et un bol de lait. Ces gens ont une drôle de façon de me parler. On dirait que je leur fais peur. En attendant, je crève de faim.

Elle lève la tête vers la treille. Elle grimpe sur la table et en détache une belle grappe. En remuant les feuilles, elle découvre Mariquette qui se tient cachée.

Qu'est-ce que c'est que ce gros raisin-là ? Il gigote, ma parole !

MARIQUETTE

Pas trop fort ! Ils vont vous entendre !

CARAMILLE

Qui ça, ils ?

MARIQUETTE

Mes parents. S'ils me découvrent ici, ils m'arracheront les oreilles.

CARAMILLE

C'est qu'ils auront leurs raisons. Qu'est-ce que tu faisais, perchée au-dessus de nos têtes ? Tu nous écoutais, sale gosse !

MARIQUETTE

Est-il vrai que vous êtes une créature divine déguisée en fille ?

CARAMILLE

Qu'est-ce que tu dégoises, gros raisin ?

MARIQUETTE

Êtes-vous une messagère du Volcan ? C'est ce qu'assure ma sœur Mélomène qui est plus grande que moi et qui a le droit d'écouter les vaguemestres.

CARAMILLE

Ai-je l'air d'une créature divine ? Si tu n'étais toi-même un raisin déguisé en fille, je me moquerais de toi.

MARIQUETTE

Je veux bien que vous vous moquiez. Mais dites-moi : qu'est-ce que vous êtes exactement ?

CARAMILLE

Je suis moi, Caramille, naufragée involontaire. Tu peux aussi m'appeler mademoiselle Caramille.

MARIQUETTE

Es-tu une étrangère ?

CARAMILLE

Comme je ne suis pas d'ici, il faudra bien penser que je suis une étrangère.

MARIQUETTE

Oh ! Quelle chance ! Tu es la première étrangère que je vois de ma vie.

CARAMILLE

Forcément. Personne ne choisit de passer ses vacances sur l'épaule d'un volcan furieux.

MARIQUETTE

Tu me le jures, ce n'est pas le dieu qui t'envoie ?

CARAMILLE

Mais quel dieu, à la fin ?

MARIQUETTE

Le Volcan.

CARAMILLE

Le Volcan ? Tu crois que ton volcan est un dieu ?

MARIQUETTE

Tout le monde peut voir qu'il est notre dieu. C'est lui qui envoie la lave et le gaz quand il n'est pas content. Et quand il veut nous récompenser, c'est lui qui fait mûrir les belles récoltes. Ce qui fait que nous devons l'honorer et ne pas le fâcher.

CARAMILLE, *mangeant son raisin, grain à grain, recrachant les pépins au loin.*

Je suis désolée de parler aussi brutalement à un fruit pas tout à fait mûr, mais il faut que tu le saches : les volcans ne sont pas des dieux, ce sont des puits. De larges puits qui creusent profond sous la roche et prennent leur lave au grand feu qui brûle sans cesse dans le ventre de la Terre. De temps en temps, la Terre, qui a le ventre capricieux, pète et rote. Le volcan chasse ses humeurs, et tant pis pour les imprudents qui vivent collés à ses flancs. Le volcan n'est rien d'autre que le beau derrière du monde, et les flancs de la montagne sont ses fesses majestueuses. Voilà l'affaire. Elle n'a rien de divin. Dans un sens, elle est digestive.

MARIQUETTE

Je veux bien te croire, si tu me le dis ! Tout le monde a mal au ventre. C'est donc pour que la Terre digère mieux qu'il faut jeter des filles dans le puits.

CARAMILLE

Quelle idée idiote ! La Terre est un caillou. Qu'est-ce qu'un caillou peut avoir à faire d'un pauvre petit mammifère carbonisé ?

MARIQUETTE

Mais, alors, est-il vrai que les filles vont se jeter toutes seules dans la gueule de la montagne et qu'elles y plongent en chantant ?

CARAMILLE

Chanterais-tu, toi, si l'on voulait te griller vivante ?

MARIQUETTE

Je crierais comme un putois. Je brairais comme un âne.

CARAMILLE

J'espère bien !

MARIQUETTE

Et les corps jetés au volcan, laissent-ils dans l'air un doux parfum de jasmin ?

CARAMILLE

Tu n'as pas remarqué, à ton âge, que les sacrifices puent et que leurs fumées empestent le gigot brûlé ?

MARIQUETTE

Si ! Je ne suis pas si bête ! Mais, quand même, tout le monde sait qu'une fille qui se donne au Volcan ne meurt pas vraiment.

CARAMILLE

Ah ça, si elle ne meurt pas, je peux t'assurer qu'il n'en reste pas grand-chose.

MARIQUETTE

Elle se transforme en un oiseau sacré qui vole au-dessus de nos têtes comme une vivante bénédiction.

CARAMILLE

Tu fais une drôle de gosse ! Vois-tu des oiseaux s'élever au-dessus du poulet que rôtit ta mère ? Vois-tu des oiseaux naître au-dessus de sa blanquette, de son pot-au-feu, de son carré d'agneau ? Ce que le feu a réduit, crois-moi, il ne le rend pas.

MARIQUETTE

Mais les oiseaux ?

CARAMILLE

Les oiseaux sont les enfants des oiseaux. Le feu n'enfante que les flammes et la cendre.

MARIQUETTE

Je me disais aussi qu'il en faut, du mystère, pour faire sortir des plumes de la braise.

CARAMILLE

On t'a raconté des histoires, petite poire. Il ne faut pas croire tout ce qu'on te dit.

MARIQUETTE

Caramille, je te préviens parce que tu es ma première étrangère et parce que tu me plais : ne dis rien de tout cela à mes parents, ni aux vaguemestres, parce qu'ils te tueraient. S'ils pensent que tu es une messagère, ils n'oseront pas te toucher. Mais si tu les contraries, ils te détruiront. L'endroit n'est pas bon pour ceux qui croient que les dieux sont des puits.

LA VOIX DE LA MÈRE

Mariquette ! Mariquette ! Viens m'aider ! Au travail !

MARIQUETTE

Elle passe ses journées à pleurer. Elle trempe vingt mouchoirs par jour. Mais rien ne l'empêchera de me pourchasser avec ses sales couronnes.

CARAMILLE

Pauvre maman ! Elle a sans doute du vague à l'âme. Mon petit doigt me souffle qu'elle va marier sa fille. C'est un mariage que vous préparez ?

MARIQUETTE

Un mariage du feu de Dieu, oui. Mais je parle trop. Il faut que je file.

Elle s'en va vers la cuisine, se ravise en chemin.

MARIQUETTE

N'oublie pas : tu es une créature divine. Et pas un mot sur la digestion.

Elle sort et disparaît dans la cuisine.

SCÈNE 5

Sur la terrasse. Tandis que Caramille regarde le paysage au loin, la main sort de la grille du soupirail. Caramille ne voit rien. La main s'agite en vain.

MALICIA, *sa voix vient du soupirail.*

Pssssss… Psssss…

CARAMILLE, *se retournant.*

On m'appelle ?

MALICIA

Oui, baissez-vous. Là, plus bas. Collez votre figure à la grille du soupirail. Vous y êtes.

CARAMILLE

Quelle drôle de maison ! Quand les filles ne sont pas perchées dans les arbres, elles sont enterrées au sous-sol. Qui es-tu, toi ?

MALICIA

Je suis Malicia. La sœur aînée de Mélomène et de Mariquette.

CARAMILLE

Sans indiscrétion, Malicia, qu'est-ce que tu fais dans cette cave ?

MALICIA

J'attends mes noces.

CARAMILLE

J'avais deviné ! Elle est à toi, la jolie robe ! Tu en as de la chance ! Est-il beau, ton fiancé ? L'aimes-tu ? Et t'aime-t-il, lui ?

MALICIA

Quelles drôles de questions vous posez ! Je veux bien croire qu'il m'aime, mais je n'en sais rien du tout.

CARAMILLE

Tu ne sais pas ? Tu veux dire que tes parents ont tout arrangé ? Et le fiancé, que dit-il ? Il est content ? Il doit l'être, forcément ! L'as-tu seulement vu ?

MALICIA

Je le vois tous les jours. Au coucher du soleil, le cortège des vaguemestres viendra me chercher. Il m'emmènera dans la montagne, et là, tout en haut, en grande pompe, on me donnera à lui.

CARAMILLE

Si c'est votre coutume…

MALICIA

Il y aura des chants, des prières, cent vingt couronnes de fleurs, je porterai ma belle robe blanche et l'on me jettera dans le cratère du Volcan.

CARAMILLE

Mais qu'est-ce que tu racontes ? Tu parlais d'un mariage !

MALICIA

Oui. Ce soir, on fête mes noces avec le dieu.

CARAMILLE

La gamine. Le jasmin, les oiseaux… Tout est donc vrai ?

MALICIA

Qu'est-ce qui est vrai, mademoiselle ?

CARAMILLE

Espèce de folle ! Personne ne t'a prévenue que les plongeons dans la lave sont très dangereux ?

MALICIA

Si vous croyez que j'ai demandé, moi, à être l'offrande de l'année ! Il a fallu me courir après dans la montagne. Mais, quand ils m'ont attrapée, ils ne m'ont plus lâchée. Mon père m'a enfermée à double tour dans la cave. Je n'ai plus qu'à attendre le soir qu'il vienne m'y chercher.

CARAMILLE

Pourquoi toi ?

MALICIA

Parce que j'ai le bon âge. Parce que je suis bien jeune, bien tendre et bien jolie.

CARAMILLE

Ne me dis pas que tu crois à ces âneries. Pas toi. Pas l'offrande.

MALICIA

Quelles âneries ?

CARAMILLE

Le dieu Volcan et tout ce tralala.

MALICIA

Chut ! Vous parlez trop fort. Vous allez le contrarier et ce sera encore pire. Par votre faute, je ne serai pas transformée en colombe. Si je suis sage, papa m'a promis que le dieu me changerait en colombe et que je m'envolerais par-dessus la montagne.

CARAMILLE

En colombe ? En oie, oui ! En dinde ! En dinde rôtie ! Même si tu ne veux pas l'entendre, je vais te le dire : le volcan est un trou dans la terre, et rien de plus. Un trou. Un vide. La colombe, c'est une blague pour te faire tenir tranquille. Une fois au feu, c'est en cendre que tu t'envoleras.

MALICIA

Pardonnez-moi, mais vous dites n'importe quoi. C'est vous qui êtes complètement folle. Qui êtes-vous, d'ailleurs ?

CARAMILLE

Je ne suis pas d'ici, je suis arrivée par hasard et je ne rêve que d'une chose : déguerpir. Le plus vite possible.

MALICIA

Vous êtes une étrangère ! Vous ignorez tout du Volcan. Nous qui vivons ici, nous le fréquentons depuis l'origine du monde. Nous sommes plus au courant que vous. Je ne vous reproche rien. Mais vous devriez faire attention avant de parler.

CARAMILLE

N'as-tu pas peur de mourir ?

MALICIA

Qui vous dit que je vais mourir ?

CARAMILLE

De brûler, au moins. N'as-tu pas peur du feu qui dévore ?

MALICIA

Qui n'a pas peur ? Vous ne devriez pas me blesser avant l'heure, mademoiselle l'étrangère. Vous savez bien que je n'ai pas choisi.

CARAMILLE

Et si je te propose de te sauver la peau, stupide bouc émissaire, tout étrangère que je suis, qu'est-ce que tu me réponds ?

MALICIA

Avez-vous le pouvoir de parler au Volcan ?

CARAMILLE, *saisie, s'interrompt et reprend.*

Peut-être. Qui sait ? *(Puis, d'une voix d'oracle.)* Cherche le sens véritable de mes paroles et tu seras éclairée. *(Reprenant sa voix ordinaire.)* Avec tout ça, je n'ai toujours pas mangé. Qu'est-ce qu'ils attendent, à la fin ?

Noir.

SCÈNE 6

Le père entre dans la cuisine, où l'attend la mère.

LA MÈRE

Qu'ont-ils ordonné ? Que va-t-elle manger ?

LE PÈRE

Ils n'ont pas voulu me le dire.

LA MÈRE

Très bien. Et qu'est-ce que nous allons faire ?

LE PÈRE

Attendre. Les vaguemestres arrivent. Ils veulent surveiller ta tambouille eux-mêmes.

LA MÈRE

Ces corbeaux ! Ils se mêlent de tout.

LE PÈRE

Tais-toi ! Les voilà qui approchent. Veux-tu nous faire couper la tête ?

Bruits de cloche et de trompettes. Le père ouvre grand la porte d'entrée de la maison.

LA MÈRE

Qu'ont-ils besoin de tout ce tintouin ?

LE PÈRE

Tais-toi, je te dis !

Entre le vaguemestre suivi de deux conseillers.

LE VAGUEMESTRE

Honneur sur ta maison, père de l'offrande. Honneur sur ta maison, mère de l'offrande. Le dieu Volcan est satisfait du sacrifice de Malicia. C'est une grande récompense, de vous avoir envoyé sa messagère.

LE PÈRE

Honneur à vous, monsieur le vaguemestre.

LE VAGUEMESTRE

Ainsi donc, la messagère réclame à manger.

LA MÈRE

C'est que ça mange, à cet âge-là.

LE VAGUEMESTRE

Nous avons rassemblé le conseil. Et le conseil a donné cet avis : la messagère ne mangera que des aliments généreusement grillés. La fille du Volcan a besoin de feu.

LE PÈRE

La fille du Volcan, c'est quelque chose !

LA MÈRE

C'est vous qui décidez. Pendant que mon feu était bien fort, j'y ai mis ce homard.

Elle prend le homard et le dépose sur un plateau qu'elle décore en se servant dans les préparatifs de la noce.

LE VAGUEMESTRE

Parfait, le homard.

LA MÈRE

Et ces pommes de terre.

LE VAGUEMESTRE

Pas de pommes de terre ! Surtout pas. N'avez-vous pas de ce puissant piment rouge ?

LA MÈRE

Du piment rouge ? Voulez-vous lui arracher la bouche ?

LE VAGUEMESTRE

Pas de blasphème ! La messagère est remplie de feu, de par son père Volcan qui l'a engendrée. Son cœur est de feu, sa bouche est de feu. Qu'a-t-elle à craindre de ton piment ?

LA MÈRE

Si c'est vous qui le dites ! On lui donnera du piment.

Elle ajoute le piment et sort son mouchoir pour essuyer ses yeux irrités.

LA MÈRE

Il est fort, celui-là ! J'ai les yeux qui me brûlent.

LE PÈRE

Range ton mouchoir ! Et va lui porter son assiette, avant qu'elle s'impatiente.

LE VAGUEMESTRE

Vite, vite !

SCÈNE 7

Sur la terrasse. Entre un cortège formé des parents, du vaguemestre et de ses deux conseillers.

CARAMILLE

C'est maintenant que vous arrivez ?

LA MÈRE

Bavarder, bavarder, c'est tout ce qu'ils savent faire !

LE VAGUEMESTRE

Nous implorons votre pardon, mademoiselle.

CARAMILLE, *se tournant vers la mère.*

Voilà un bien joli homard, merci beaucoup, madame.

Elle rompt le homard avec les mains et mange goulûment.

CARAMILLE

J'ai la bouche qui me brûle ! Faites-vous votre cuisine au feu de l'enfer ? Voulez-vous m'empoisonner ?

LA MÈRE

Je vous l'avais bien dit !

CARAMILLE, *au vaguemestre.*

Toi, grand-père, va me chercher du pain en cuisine ! Dépêche-toi !

LE VAGUEMESTRE

À vos ordres !

CARAMILLE

Des galettes, aussi ! J'en ai vu des montagnes.

LE VAGUEMESTRE, *faisant un signe à un conseiller.*

À vos ordres !

CARAMILLE

Et des biscuits ! De ceux qui sèchent au-dessus de la cheminée.

LE VAGUEMESTRE, *faisant un signe à l'autre conseiller.*

À vos ordres !

CARAMILLE

Et un bol de riz froid ! De l'eau aussi ! De la citronnade ! Quelque chose qui ne pique ni ne brûle et que je puisse avaler.

LE VAGUEMESTRE

À vos ordres ! À vos ordres ! À vos ordres !

Les hommes apportent une petite table qu'ils dressent devant Caramille et qu'ils couvrent de petits plats. Elle se jette sur la nourriture.

CARAMILLE, *mangeant.*

Délicieux. Exquis. Madame, monsieur, vous devriez savoir ce qui convient à une jeune fille. Parce que vous en avez, des filles !

LE PÈRE

Oui, messagère divine. Vous connaissez déjà notre fille Mélomène, qui a ouvert la porte où vous frappiez...

CARAMILLE

Je sais tout cela, vilain bonhomme. Mélomène est ta cadette. Mais elle n'est pas seule. *(Elle observe un silence, lance au ciel des regards pénétrés et reprend.)* Je vois que tu as trois filles.

LA MÈRE

Comment sait-elle tout cela ? Elle est oracle. Je crois que je vais m'évanouir.

LE VAGUEMESTRE, *sentencieux.*

C'est la fille du Volcan. Il est normal qu'elle ait le don de divination.

CARAMILLE

Je vois que ta benjamine, la petite Mariquette, est la plus intelligente des trois. Mais c'est ton aînée, Malicia, que tu as donnée au vaguemestre pour qu'il la jette au Volcan.

La mère sort son mouchoir et y enfouit son visage.

LE PÈRE

Était-ce une erreur ? Si le Volcan préfère Mariquette, nous ne ferons ni une ni deux. Nous lui donnerons Mariquette.

La mère pleure de plus belle.

LE VAGUEMESTRE

Voilà qui t'honore, brave homme ! *(À Caramille.)* Veut-il Mariquette ?

CARAMILLE

Mariquette n'est pas plus épaisse qu'une sardine ! On lui compte les arêtes sous la peau. Sans compter qu'elle est insolente, ce qui lui donnera un vilain goût acide. Veux-tu rendre le Volcan malade ?

LE PÈRE

Pitié ! Pitié ! Non, nous lui donnerons Malicia, qui a le caractère d'un agneau et qui est grassouillette sur les hanches.

CARAMILLE

Je lui dirai ce que je voudrai. Après tout, je suis sa messagère.

LE VAGUEMESTRE

Sa fille.

CARAMILLE

Oui, exactement, grand-père, sa fille ! Alors donc je suis sa fille et je lui dirai que...

LE PÈRE

Vous lui direz que...

LE VAGUEMESTRE

Vous lui direz que...

LA MÈRE

Si vous pouviez lui dire…

CARAMILLE

Lui dire quoi, madame ?

LA MÈRE

Lui dire de me prendre, moi. S'il pouvait troquer son goût des jeunes filles pour celui des vieilles dames, j'en serais bien contente. Parce que élever nos filles pour qu'un vaguemestre les balance au feu, c'est trop de douleur.

LE VAGUEMESTRE

Tu blasphèmes, ma parole !

LE PÈRE

Pardonnez-lui, monsieur le vaguemestre. Elle ne sait plus ce qu'elle dit. C'est l'émotion.

CARAMILLE

Seigneur, que je suis fatiguée ! C'est que le soleil m'épuise… Pour méditer, j'ai grand besoin d'un antre sombre. Je vais me recueillir à l'intérieur. Vous, messieurs, attendez-moi ici. Vous, madame, suivez-moi. Vous me préparerez un bon café. Aussi, que l'on m'envoie Mariquette ! Mariquette seulement ! J'ai dit ! Elle fera mon service. Car je vais maintenant invoquer mon père.

Caramille se dirige vers la cuisine, solennellement suivie par la mère. Elles franchissent la porte qui se referme sur elles. Tous les hommes demeurent interdits, les bras ballants, sur la terrasse.

Noir.

SCÈNE 8

Dans la cuisine, Caramille ferme la porte. La mère prend au sol une planche de bois et grimpe sur une chaise. Elle accroche le volet sur la lucarne. Elle descend en se frottant les mains dans son tablier, l'air satisfait.

CARAMILLE

Vous y tenez tant que ça, à votre fille ?

LA MÈRE

Si j'y tiens ! C'est ma seule fille aînée ! Elle n'est pas aussi maligne que Mariquette, mais je la connais depuis longtemps et elle est bien douce.

À cette évocation, la mère se tord les mains et sort son mouchoir.

CARAMILLE

Cessez de pleurer, madame. Écoutez-moi. Et Malicia sera sauvée.

On frappe à la porte de la terrasse. Caramille entrouvre un battant et laisse entrer Mariquette. Mariquette court vers sa mère et se jette dans ses bras. Profitant de ce moment d'inattention, Mélomène suit sa sœur et se glisse à l'intérieur. Elle se cache derrière un rideau. Caramille referme la porte, qu'elle verrouille soigneusement.

MARIQUETTE

Malicia est sauvée ? J'en étais sûre !

LA MÈRE, *à Caramille.*

Sauvée ? En avez-vous seulement le pouvoir ?

CARAMILLE

Mais je suis la fille du Volcan ! Il me laisse faire tout ce que je veux. Est-ce assez ?

LA MÈRE

Je vous obéirai.

CARAMILLE

Regardez-moi bien.

Elle débarrasse une table d'un large mouvement du bras et monte sur le plateau. Elle lève les bras au ciel.

CARAMILLE

Toi, Mariquette, fais un peu de bruit. Les entretiens avec les dieux sont sonores.

LA MÈRE

Va-t-il répondre à vos questions ?

MARIQUETTE

Tais-toi donc ! Laisse-la faire !

CARAMILLE

Si on vous le demande, vous répondrez que nous avons eu une bonne conversation, mon père et moi. Mais il faudra le raconter de telle manière qu'on vous croie.

LA MÈRE

Faudra-t-il que j'invente ?

CARAMILLE

Sans hésiter. Vous savez mieux que moi que les vaguemestres raffolent des histoires abracadabrantes.

LA MÈRE

Alors, j'inventerai.

Mélomène repousse brutalement le rideau derrière lequel elle était cachée et se plante devant sa mère.

MÉLOMÈNE

Maman !

LA MÈRE

Qu'est-ce que tu fais là ?

MÉLOMÈNE

N'entends-tu pas que la voix de cette fille n'est pas humaine ? C'est la voix d'un serpent. Les dieux nous trompent. Cette fausse messagère s'amuse de toi.

LA MÈRE

Est-ce vrai, mademoiselle, que vous êtes un serpent ?

CARAMILLE

Regardez-moi ! Franchement, ai-je l'air d'un serpent ?

LA MÈRE

Franchement, non.

Mélomène

Tu perds la raison ! Ce démon t'a envoûtée. Je vais chercher le vaguemestre. Il saura nous défendre.

Mariquette

Oh non ! Tu n'iras rien chercher du tout...

Mélomène

Sale petite peste ! Impie ! Tu mets la honte sur notre maison !

Les trois autres s'avancent vers elle d'un air menaçant.

Mélomène

Vous êtes des brutes. Des blasphématrices. Des hérétiques. Des apostates. Des mécréantes ! Des infidèles... des... des...

Elle s'enfuit et tourne dans la cuisine fermée de tous côtés, poursuivie par Mariquette. La mère l'attrape. Caramille la paralyse. Mariquette sort son rouleau de Scotch de la poche et en colle un large morceau sur la bouche de sa sœur. La mère lui attache les mains dans le dos.

LA MÈRE

Sois sage, Mélomène ! Arrête de gigoter ! Je vais te mettre une fessée, à la fin. Ta sœur a fait moins d'histoires quand le vaguemestre l'a bouclée.

La mère ouvre la trappe de la cave et descend en poussant Mélomène devant elle. Elle remonte seule et referme la trappe.

LA MÈRE

C'est fait. Quel caractère, celle-là ! C'est bien la pire des trois ! Elle est tellement têtue qu'elle serait capable de courir se jeter toute seule dans le feu sans qu'on lui demande rien. *(À Caramille.)* Vous pouvez y aller, maintenant ! Procédez !

CARAMILLE

Prêtes ? J'invoque. « Volcan, ô Volcan sacré, mon père, écoute mes questions ! Désires-tu dévorer la grassouillette Malicia à l'heure de ton festin ? »

Mariquette se saisit d'une poêle qu'elle frappe contre des casseroles : de grands bruits de gong s'élèvent à l'appui des invocations.

CARAMILLE

« Dieu Volcan, quels sont tes ordres ? Toi qui fumes et toi qui grondes, réponds-nous ! Nous sommes tes servantes, nonobstant que je suis ta fille ! »

LA MÈRE

Le ciel me pardonne. Si elle était vraiment messagère ?

Noir.

SCÈNE 9

Avec des airs importants, la mère ouvre la porte qui donne sur la terrasse. Elle s'avance, accompagnée de Mariquette. Toutes deux escortent Caramille qui garde les yeux clos. Face aux trois femmes se tiennent le père, le vaguemestre, les conseillers. Derrière les trois femmes arrivent des villageois que la mère consigne au bord de la terrasse.

LA MÈRE

Ne l'approchez pas ! Pas si vite ! Elle n'est pas sortie de sa transe. Ses yeux sont fermés et elle tremble encore.

LE PÈRE

Voilà qui ne m'étonne qu'à moitié. Nous avons entendu des bruits épouvantables. On aurait dit que les roches se précipitaient les unes contre les autres.

LE VAGUEMESTRE

Restons raisonnables. Même si ces événements nous dépassent, essayons de les comprendre. Que s'est-il passé ?

LA MÈRE

La demoiselle est montée sur la table, elle a levé les bras et…

LE VAGUEMESTRE, *méfiant.*

Vous dites qu'elle est montée sur la table ?

MARIQUETTE

Moi ! Monsieur ! Moi ! Je sais ! Un tourbillon l'a saisie sous les aisselles et l'a hissée dans l'air où elle s'est mise à tournoyer. *(Montent de la foule des exclamations admiratives.)* Ses bras s'agitaient comme s'ils s'étaient détachés de son corps. Ses yeux révulsés semblaient regarder à l'intérieur d'elle-même. *(Exclamations de la foule.)* Des centaines d'oiseaux invisibles battaient des ailes et criaient pour l'encourager. *(Exclamations.)* Nous étions aveuglées par toute cette agitation et la lumière éblouissante qui en émanait. *(Exclamations.)* C'est alors que, d'une voix caverneuse, elle a appelé le dieu. N'est-ce pas, maman, que c'est ainsi que les choses se sont passées ?

LA MÈRE

Absolument.

LE VAGUEMESTRE

Qui est cette gamine ?

LE PÈRE

Ma fille. La plus petite. *(Il se tourne vers Caramille qui remue.)* Regardez ! La messagère ouvre les yeux.

CARAMILLE

Merci, père Volcan ! Merci d'avoir parlé !

DES VOIX DANS LA FOULE

Le Volcan a parlé ! Le dieu Volcan !

C'est sa fille qui le dit ! La vraie fille du Volcan !

LE VAGUEMESTRE

Qu'a-t-il dit ? Il a parlé. Qu'a-t-il dit ?

DES VOIX DANS LA FOULE

Elle a les yeux rouges ! Mais non ! Mais si, regarde ! Mais non ! Les yeux rouges ? Qui a les yeux rouges ? La fille du Volcan a les yeux rouges !

CARAMILLE

Silence ! Êtes-vous prêts à entendre son message ?

UN CONSEILLER

Nous sommes ses fidèles. Nous sommes ses prêtres. Nous sommes prêts.

LA FOULE

Nous sommes prêts ! Nous sommes prêts !

CARAMILLE

Oserai-je ?

LA FOULE

Osez ! Osez !

CARAMILLE

Eh bien, il a dit, mais j'hésite !

LES CONSEILLERS ET LA FOULE

Osez ! Osez !

CARAMILLE

Il ne veut pas de Malicia.

Chuchotements dans la foule. Au-devant du groupe des villageois, les mères se rassemblent et serrent leurs filles contre elles.

LE VAGUEMESTRE

Soit. Nous prendrons Mélomène. Elle est un peu jeune, mais elle a de bonnes joues.

Soupir de soulagement dans le groupe des femmes.

CARAMILLE

Non, non. Il ne veut pas de Mélomène.

LE VAGUEMESTRE, *désignant Mariquette.*

Très bien. Nous prendrons cette petite-là. Quel est son nom, déjà ?

Mariquette se réfugie contre sa mère qui referme les bras sur elle.

CARAMILLE

Il ne veut pas de Mariquette non plus.

LE VAGUEMESTRE

Alors ce sera celle-là ! Celle-là ! Ou celle-là !

Il désigne au hasard des fillettes dans le groupe des villageois. Panique chez les mères.

CARAMILLE

Vous êtes enragé ! Puisque je vous dis qu'il n'aime plus ça, les filles. Depuis des centaines d'années que ça dure, il aimerait qu'on varie un peu son régime. Il est prêt à essayer le blé, le maïs, la luzerne ! Et même la diète.

LE VAGUEMESTRE

Vous m'étonnez, mademoiselle. Il ne veut plus de filles ? Vous avez sans doute mal compris. Depuis le temps que nous faisons affaire ensemble, nous pensions qu'il était satisfait.

CARAMILLE

Des doutes ? C'est tout ce que vous avez à répondre à la fille du Volcan ? Je sens des tremblements, je sens des chaleurs, c'est mon père qui me parle. Silence, vous tous !

LE PÈRE

Silence ! Silence !

UN CONSEILLER, *religieusement.*

Nous sommes prêts.

LA FOULE

Nous sommes prêts ! Nous sommes prêts !

CARAMILLE, *voix d'oracle.*

« Si votre cœur est pur et rempli de confiance, obéissez aux paroles de ma fille, car elle est ma messagère ! Mais que celui qui ne croit pas vienne m'interroger ! Que celui dont le cœur est plein de doute ose m'affronter face à face ! Qu'il descende jusque dans mes brûlantes entrailles. Je le recevrai, je l'accueillerai et je lui parlerai. Et quand il sera instruit, je le laisserai partir, sous la forme d'un oiseau, pour qu'il vous porte la bonne nouvelle. »

LA MÈRE

Le dieu a bien parlé.

LES MÈRES DANS LA FOULE

Le dieu a bien parlé ! Il a bien parlé !

LA MÈRE, *s'adressant aux villageois.*

Le vaguemestre est plus intelligent que nous. C'est à lui d'aller poser ses questions au Volcan. Pas à ma pauvre Malicia qui est trop jeune, sans compter qu'elle n'a pas inventé la poudre.

Approbations bruyantes chez les villageois.

LE PÈRE

La mère n'a pas tort. Allez-y, vaguemestre. Et revenez-nous à tire-d'aile.

LA FOULE, *grondements.*

Osez ! Osez !

LES CONSEILLERS

Osez ! Osez !

LE VAGUEMESTRE

Messieurs mes conseillers, et vous, foule des villageois, faut-il que j'obéisse à celle-là qui est arrivée sur nos rivages on ne sait comment ? Voulez-vous que j'aille, moi, le plus important d'entre vous, le plus sage et le plus puissant, me jeter dans le feu ?

LA FOULE

Osez ! Osez !

UN CONSEILLER

Il faut prendre en compte que nous sommes beaucoup plus bêtes que vous.

LE PÈRE

Vous nous connaissez, vaguemestre. Nous ne saurions que brûler bêtement. Vous, vous saurez nous défendre.

UN AUTRE CONSEILLER

Oui, que le vaguemestre y aille et nous serons fixés.

LE VAGUEMESTRE

Mais enfin, mes chers conseillers ! Et vous, mes chers concitoyens ! Si je ne reviens pas ? Que ferez-vous si je ne reviens pas ?

LA MÈRE, *conciliante.*

Mais vous reviendrez, vaguemestre. Comme toutes les filles qui sont parties avant vous. Vous nous avez enseigné qu'elles revenaient sous la forme d'oiseaux. Moi, je parie que vous serez changé en aigle.

LE VAGUEMESTRE

Êtes-vous devenus fous ? Croyez-vous vraiment que cette gamine est la fille du Volcan ? Croyez-vous vraiment que le Volcan parle par sa bouche ?

CARAMILLE

Parce qu'il voudrait se servir de ta vieille bouche malfaisante ? Tu as le souffle rance et les lèvres sèches du lézard. Je vous le dis, en vérité : un dieu comme le Volcan préfère à l'évidence la bouche fraîche d'une jeune fille.

LE PÈRE

Elle dit vrai. Le Volcan préfère les jeunes filles. C'est ce qu'on nous a toujours dit.

UN CONSEILLER

Qu'est-ce qui se passe, vaguemestre ? Tu n'as plus confiance dans le Volcan ? Tu ne sais plus comment lui parler ?

UNE MÈRE, *se détachant du groupe.*

Tu semblais plus sûr de toi quand tu conduisais ma fille au cratère.

Venu de la foule, un caillou heurte le vaguemestre en plein visage.

UNE AUTRE MÈRE

Tu ne poses pas tant de questions quand il s'agit de nos gamines.

Une pluie de projectiles s'abat sur le vaguemestre.

CARAMILLE, *s'interposant entre le vaguemestre et les villageois.*

Vaguemestre, il faut te décider : servir ou déserter. Ou tu montes au Volcan et tu parles à mon père. Ou tu montes dans une barque et tu pars pour ne plus revenir.

Silence. Personne ne bouge.

LE VAGUEMESTRE

Apportez-moi une barque.

Murmures.

LE PÈRE

C'est le vaguemestre, quand même. Allons-nous le laisser partir ?

LA MÈRE

Certainement, mon mari. Le plus tôt sera le mieux. Dépêchez-vous d'aller lui chercher une barque, vous autres ! Puisqu'il vous le demande !

LA FOULE

La barque ! La barque !

LE VAGUEMESTRE

Je vous maudis ! *(Il étend le bras et désigne d'un geste large tous les villageois.)* Tous !

CARAMILLE

La belle affaire.

Le vaguemestre sort, suivi par ses conseillers, puis par la foule menaçante.

SCÈNE 10

La mère ouvre la trappe. Malicia en sort. Elle semble éblouie et cligne des yeux.

MALICIA

Le soir tombe. Déjà. Maman, est-ce l'heure de mettre ma robe blanche ?

La mère sort son mouchoir et se mouche bruyamment.

CARAMILLE

Non, c'est fini, Malicia. Tu peux rester chez toi. Le Volcan n'a plus faim.

MALICIA

Merci, mademoiselle, je savais bien que vous étiez divine. C'est que je ne suis pas fâchée de rester parmi les hommes. Je n'avais pas grande envie d'être changée en oiseau. Sans compter que j'ai très peur du feu. *(Elle hésite.)* Mais, alors, voudra-t-il manger des garçons ?

CARAMILLE

Terminés, les sacrifices ! À compter d'aujourd'hui, il mangera de l'herbe.

LE PÈRE

De l'herbe ?

CARAMILLE

Des fleurs, si vous voulez. *(Son regard se pose sur les couronnes abandonnées au sol.)* Des couronnes ! Désormais, ce sont des couronnes que vous jetterez au Volcan. Vous tous, en cortège et vêtements d'apparat, vous irez lui offrir toutes ces belles couronnes que vous aurez tressées pour lui. Ouste, débarrassez-moi ce bazar et préparez une belle cérémonie. La première cérémonie des couronnes.

LA MÈRE, *tendant les bras vers Malicia.*

Ma petite fille !

Malicia se précipite dans les bras de sa mère. Pendant ce temps, Mariquette descend dans la cave et en remonte avec Mélomène. Le père regarde sa fille avec stupéfaction.

LE PÈRE

Pourquoi a-t-elle les mains attachées ? Et du papier collant sur la bouche ?

MÉLOMÈNE

Hmmm hmmm.

LA MÈRE

C'est elle qui l'a demandé. *(Elle lui enlève le bâillon et continue à parler pour l'empêcher de prendre la parole.)* Tu sais comme elle est consciencieuse. Elle voulait tenir compagnie à sa sœur. Je l'ai autorisée à la rejoindre.

MÉLOMÈNE

Menteuse ! Où est le vaguemestre ? J'ai des choses à lui dire.

LE PÈRE

Que veux-tu lui dire, si je peux savoir ?

MÉLOMÈNE

Je les ai entendues mentir ! La fille n'est qu'une étrangère. Mariquette est sa complice. Et maman aussi. Il faut prévenir le vaguemestre, imposer la vérité, combattre le mensonge, restaurer l'autorité.

LE PÈRE

Mais elle nous casse les oreilles, à la fin ! Il n'y a plus de vaguemestre, petite sotte. Il est parti sous les crachats.

MÉLOMÈNE

Parti ? Qu'allons-nous devenir ?

LE PÈRE, *patelin.*

Nous allons garder nos enfants. Je ne vois pas d'autre grand changement en perspective. Si ce n'est que je pense qu'un brave homme comme moi, pour le poste vacant du vaguemestre…

MÉLOMÈNE, *terrifiée.*

Mais le dieu ? Que va dire le dieu ?

LE PÈRE

Il sera très content. Dès ce soir, nous allons lui porter une belle offrande de couronnes fleuries, assortie de chants et de danses et de quelques libations. Je te signale à ce propos qu'il te reste peu de temps pour finir celles que tu as commencées. Je te conseille donc vivement de te remettre au travail.

MALICIA

Papa ! Papa ! Et ma robe blanche ! Elle était si jolie. Est-ce que j'ai quand même le droit de la mettre ?

LA MÈRE

Tout ce blanc quand même, à nettoyer.

LE PÈRE

Vas-y, ma fille. Elle est à toi, après tout.

MÉLOMÈNE

Mais cette étrangère ! Il faut la démasquer !

LE PÈRE

Ça suffit, Mélomène ! File ! Et plus un mot ! Ou, cette fois, c'est toi que je vais boucler dans la cave.

LA MÈRE

Et tu vas faire un effort pour être polie avec notre messagère bien-aimée.

LE PÈRE

Veux-tu rester chez nous, messagère ? Nous serions très honorés de te compter parmi nous et de nous appuyer sur ta sagesse. Je t'offre une chambre dans ma maison, et un couvert à ma table. Ainsi, tu ne seras jamais très loin de ton père.

CARAMILLE

Merci. Mais mon père et moi-même avons décidé de nous séparer un moment. Il faudra que vous me prépariez un bateau bien solide, des cartes marines et des provisions.

LE PÈRE

Sauras-tu naviguer seule ?

CARAMILLE

Vous me donnerez un ou deux marins, qui m'accompagneront au début de ma route. Je trouverai ensuite de gros bateaux qui m'emmèneront à leur bord.

MARIQUETTE

Tu t'en vas ? Je me sens déjà seule au monde. Reviendras-tu, mademoiselle Caramille ?

CARAMILLE

Je reviendrai. J'ai de la famille, dans cette île. Mais je ferai mieux, Mariquette. Je viendrai te chercher. Et je t'emmènerai avec moi, loin de ton dieu, visiter le pays des étrangers.

Tandis que Caramille serre Mariquette dans ses bras, Malicia ôte sa robe ordinaire et enfile la robe blanche.

Elle tourne sur elle-même pour se faire admirer. Elle étend les bras, comme des ailes. Mélomène, qui est restée à l'écart et la regarde avec dépit, ramasse une couronne au sol. Elle s'approche lentement de sa sœur et dépose la couronne sur sa tête. Elle arrange la couronne sur la chevelure, lisse le dos de la robe du plat de la main. Puis sans un mot, mais avec fierté, elle présente Malicia à la salle.